長生きするって
めんどくさい

小池ともみ

JDC

ゆめ——はじめにかえて

孫の入学式に、息子夫婦と三人で、いいえ、亡くなった主人、脩さんの写真を胸に、四人で行ってきました。

満開の桜の花は、心なごみ一句、思わず口ずさんでいました。

日本には、桜がよく似合います。

日本には、四季があり、四季の料理も楽しみながら、よい国に生まれたことに、感謝するわたしです。

桜舞う
新たな門出に
照れながら
ほほえむわたしの
想い出写真

長生きするってめんどくさい

／もくじ

第四章　わたしの宝物　満友

第五章　今日このごろのわたし

第一章

入居者同士、話題に花がさいているよう

——ある老人ホームの案内パンフレットのコピー

さて、わたしは

年末、年始をひとりで居るなんて‥‥
ひとりでいただく御節《おせち》の味気ないこと‥‥

そんなことどもを考えているうちに、決心がつきました。
さて、わたしは、悩み考えた末、二年前の十二月三十日から翌年の正月四日までの六日間、ケアマネさんに紹介していただいた、高槻市の老人ホームに体験入居することにしました。

ラッキー、行ってきます

〝家族と同じ安心をご入居者様がいきいきと暮らせる一日をサポート〟

ホームの案内には、こうありました。そして、午前十時半には、〝書道の先生がお越しになり、（入居者様は）書道を楽しまれました。半紙を見る皆さんの目が、真剣なご様子です〟とも。

詩を書く人、編み物をする人、またキーボードを持ち込み演奏する人、そして書道の先生だったり、入居された皆さんから教えられたり教えたり……、わたしはそんな日々を連想していました。ひとりでいるより生きがいがある、というキャッチフレーズから。

わたしはどんなに胸ふくらませたことでしょう。たのしい六日間の体験入居になるはずだったのです。

新しいことを学べる、この六日間を有意義にすごしてこよう、どうしてもほころんでしまうわたしの顔。

ホームからの迎えの車に足をかけたときのわたしの気持ち、最高の笑顔を、想像していただけるでしょうか。

「ラッキー、行ってくるよ」

私の声は、どんなに若く、明るい声だったことか。そしてわたしは、わたしの胸の高鳴りに、我ながら驚き、また愛しく思えるのでした。

入居者さまを守るために

六階建ての立派なビル。

「まあ、立派なところ」

見上げながら、

「へえー」

とばかりに溜息をついたわたし。ケアマネさんの紹介なればこその、すばらしい老人ホームのようです。

その立派な建物は、ドアが二重になっているのです。そのドアのガラスは、とてつもなくぶ厚いもので、カナヅチで叩いてもとうてい割ることのできない程のぶ厚さです。

第一の扉を抜けると、五、六歩で第二の扉。

もちろんぶ厚いガラスの。

第一、第二の扉を抜けたわたしは、颯爽と期待に胸ふくらませ建物の中に入りました。

フロントで手続きをします。六階建ての五階の部屋に六日間の入居を希望しました。と、そのとき、二人の方がストレッチャーに乗せられて上から降りて来られました。

一人の方には、白い布がかぶされています。

もう一人の方は、点滴をしながら、四人の付き添いの方たちと一緒に運ばれてきます。

〝亡くなったんだ！〟

瞬間、わたしの顔から血の気が引いていくのがわかりました。

〝わたしも殺される！〟

根拠もなく、不安な思いが一気に沸き上がってきて、動悸が激しくなるのを、どうすることもできません。

ストレッチャーが外に運ばれていきます。

「帰りたいんです」

ホームのスタッフさんに、わたしは声を絞り出してお願いします。なぜそう思ったのか、未だに自分でも分からないのです。瞬間、

〝ここに居てはいけない！〟

といった気分、危険な場所に踏み込んだ思いがしたのです。

スタッフさんは、わたしの動転には気付いていないのか、冷

静に、

「ここからはもう、あなたは出られませんよ。六日間の約束ですから」

ふりむくと、医師、看護婦、救急隊の人たちに付き添われたストレッチャーが、すうっを開かれたぶ厚いガラスのドアを抜けて行きます。

〝あっ、今だっ〟

とわたしは、動けない体を引きずって、扉の方に向かい出ようとしました。いえ、逃げようと……。機敏になんて動けないわたしです。ホームのスタッフに、すぐ掴まってしまったのです。

わたしは、外を行くストレッチャーをぼんやり見ていました。

救急車に乗せられ、悲しく聞こえるサイレンの音を残しながら走り去っていきます。

泣きたい気分のわたしは、さぞかし不安な老婆そのものの表情をしていたことでしょう。

ドアの側にしばらくぼんやりと佇むわたし。

でもそのドアは開きません。

一度ホームに足を踏み入れると、一歩も外に出ることのできない仕組みになっています。

入居者様を守るために——。

老人ホームの生活始め

入居された方たちに、危険なことがあってはいけないとの考えから、入居者に良かれと、ホームの入り口は二重ドアになっていて、入居者は、ケアマネさんの許可がないと、外へ出ることができません。

——そのケアマネさんの紹介で、このホームへ来たのですが……。

ホームの男性に掴まれ引き戻されたわたしは、夢が壊れた少女のように、身動きできずうずくまっていました。そしてまた、帰りたい思いがますます募ってくるのです。

す。

〝帰りたい、帰りたい……〟

このホームを紹介してもらったケアマネさんに電話を掛けます。

「六日間の約束だから、六日間辛抱してください」

〝でも、帰りたい、帰りたい！〟

わたしは半日、ホームの事務所の方と揉めました。いえ、わたし、喧嘩をしてしまったのです。

ホームの方は、入居者を守りたい思い、わたしは、危険を感じたので外へ出たい思い、まったく折り合いません。

わたしなりに半日、ごねましたが、もう、あきらめるしかない、入居するしかない、と引くことにしました。

ホームの方や、ケアマネさんには逆らえない、逆らっても無理だと知りました。

六日間、わたしにとっては、とてつもなく長く感じる六日間、暗く終わりのない世界に踏み込んだ気分をぬぐうことができないわたしが、そこにしゃがみこんでいました。


〝楽園どころじゃなかった〟

入居前にわたしの期待はしぼんでしまい、こころが萎えて悲しい思いでいっぱいになったのです。

六日間は外に出られない、そう思うだけで、

〝どうしてこんなことをしてしまったのだろう〟

と、自分を責めての入居生活が始まりました。

コンクリートのサイコロ

〝あきらめて入居すること以外には何もできないのだ〟と自分に言いきかせるのに、その日、半日かかりました。わたしは結局、半日もごねていたということですから、今思えば、本当に不安いっぱいだったのでしょう。

とにかく、扉のなかに入った途端、その約束ごととして、

1．入居します、と言ったら、わたしの場合は六日間、外に出ることはできない

2．飛び降り自殺などを防ぐため、なにしろ老人は自殺の恐れがある、ため、窓を開けてはいけない――開けられないようになっている

3．ホームの規律に従い、また、ホームのスタッフのいうことをきく

お部屋は広く、コンクリートのなか、なんだかサイコロを思い出してしまいました。

看護師です

〝持病がある方も、協力医療機関による健康サポート体制があります。また、入居以前から通院されていた医療機関を利用さ

れたい場合はご相談ください〟

そして、二十四時間看護師常駐、ということでしたから、わたしは安心して申し込んだのです。

そのころわたしは、パーキンソン病で苦しんでいました。入居中のある日、たまらなくなってわたしの通院している病院へ行きたいと申し入れをしましたが、取り合ってもらえません。

「ケアマネさんの許可がないと無理です」

「では、わたしの先生に連絡していただけませんか」

とお願いしました。

「それも、ケアマネさんの許可がいります」

と、やはり――。

パーキンソン病の震えがひどくなりました。

食事も喉を通りません。

この六階建ての大きな老人ホームのきれいな食堂に行っても、食欲がありません。わたしは、食事しているような、していないような、ぐずぐずしながらいただいていました。

すると、

「これ、いらないの」

隣で食事をしていたひとりの老人が、ご自分のなめていたフォークで、わたしの器から料理をとっていくのです。みんなとられてしまったころ、スタッフさんがやってきて、

「次のお食事から、お部屋でしましょう」

と言われました。入居から四日目のことです。

〝老人のいじめ〟

ふと、そんな言葉がわたしの頭を過《よ》ぎります。

またあるときのこと、廊下を歩いているわたしの前に、すっと杖が出てきて、わたしはひっくり返り、コンクリートの廊下に思いっきり頭を打ってしまいました。

脳震盪をおこしたわたしは、どれだけの時が経ったのか……、女性の声が聞こえてきました。

「このひと、コンクリートの廊下が好きなのねえ」

「いいじゃない、ここが好きなんだから、ほっておきましょう」

このトラブルも、老人のいじめによるものにちがいありません。

とても悲しい出来事です。

その後、先生か看護師さんに頭を診てほしくて、お願いしましたが、

「看護師です」

と来られた方は、なんと体温を計るだけのスタッフさんでした。他については何もご存知ありません。

「先生に診ていただきたいのですが」

「先生はいません」

「それなら、わたしの通ってる病院に行きたいのです」

「入居されている方は、ケアマネさんの許可がないとだめです」

と、また同じ答えでした。そして、

「ケアマネさんに連絡しましたが、お休みで出社していないので、連絡はとれませんでした」

との連絡がありました。

なんということでしょう。

その後わたしは、入院して二針縫ってもらいました。

コンクリートの廊下に倒されて、

〝好きで寝ている〟

というスタッフの大きな声で気付いたわたしは、ホーム退去後、病院へ行き、二針を縫うことになったのです。結局、老人ホーム入居の辛さをしっかりと知らされただけでした。

おおきなお風呂

五日間という、わたしにとっての長いながい時が過ぎ、明日になれば、この老人ホームから、暗い空間から外へ出ることができると思うと――、わたしの心は飛び跳ねそう。すばらしい世界がわたしを待っている、希望いっぱいの気分です。

久しぶりに心安らいで――、わたしの顔はおだやかにほほえんでいたことでしょう、多分――ベッドの上で座っていました。

すると、ホームの従業員さんがやってきて、

「明日、お風呂の順番が廻ってきました」

「えっ、あ・し・た?」

なんとわたしは、この五日間、お風呂に入っていないことに気づいたのです。

そういえば、あんなに浮かれてホームへやってくるときは、毎日大きなお風呂に入れるのだ、と喜んでいたのに、お風呂のことも、わたしの期待からは、すっかり消え去っていたのでした。

ホームの案内パンフレットには、たとえば〝施設の一日例〟とあるところに、午後二時に〝入浴〟とあります。

〝入浴剤は看護師がバイタルチェックを行います。少し足に不安があるため、湯船につかる際はケアスタッフがお手伝いします。洗いづらい背中や足をお流しすると気持ちよさそうでした〟

このホームには、お部屋にはお風呂は付いていません。

「明日帰りますので、家に帰ってからゆっくりと六日間の疲れを流します」

わたしはそう、応えていました。

老人ホームって、こんなところ。

わたしにとっては、苦痛のなにものでもなく、どうしようもないところだと実感することができました。

手摺りがたくさん

さぁ、いよいよ帰る日です。

この日わたしは、新しい世界？に戻る気分で朝早くから待ち遠しい思いでした。

いよいよ今日でさよならです。スタッフさんが、

「ご家庭には手摺りもないですから、気をつけてくださいね、危ないですから」

と気をつかってくださったのにわたしは、

「いいえ、こちらのホームよりたくさん手摺りはついていますので安心なんです」

と言ったのです。スタッフの方は、

「普通のご家庭では、そんなことあるはずないです」

と、〝むっ〟とされた様子、なのに加えてわたし、

「どうぞ、一度見にいらしてください」

と言ったのです。ごめんなさい。でもホントに言いたいくらい、わたしの心は安らぐことができなかったのです。

実際、わたしの家では、お風呂、洗面所、台所、廊下、寝室、居間、階段にもすべて一階から三階まで手摺りをつけています。老人ホームよりたくさんついています。階段にはリフトもついているんです。

「まあ、なんでもいいわ。ただ二度と来ませんから」

二度と来ないと思うと、ほっとしたわたしでした。

書けないわたし

お世話になっていますケアマネさんから、何度も勧められて、六日間の老人ホーム入居を決めました、どんなに期待いっぱいだったことでしょう。それも、もうひとつ、わたしにはやりたいことがあったのです。

多くのみなさんが利用されている〝老人ホーム〟。まだ利用されていない方たちに、その楽しさを伝えよう、一冊の本にできればいいな、そんな思いもあっての〝体験入居〟でした。

自宅へ帰ってきたわたしは、でも、書くことを思い止まることにしました。最初イメージしていたわくわく感は消え、良き体験を書くことができないからです。有りのままを書いては、読まれた方が、老人ホームに悪いイメージを持たれるかもしれませんもの。

そんな思いから、すぐには書くことができなかったのです。

ご近所の方のお話しです。

老人ホームに無理やり入居させられた、とおっしゃっていらした方は、いつもやさしくご挨拶してくださる、とても感じのよいお婆さまです。

息子さんが結婚され、孫ちゃんができ、わたしは、〝いいご家族で幸せね〟と思っていました。

でも、お婆さまは、若夫婦や孫たちに嫌われていたそうです。

「お婆ちゃん、臭いよ、きたないよ」

「うるさいな、お婆ちゃん、余計な口出しはせんでくれ」

なんて、うっとうしいと言われ続けていたとのことで、とうとう老人ホーム行きとなったのです。

現代の老人ホームは、結局、体《てい》のいい姥捨山にちがいありません。


老人ホーム体験で、書きたいことはたくさんあります。でも書けません。最初から、姥捨山と思って入居する、なんて惨いことでしょう。そう考えると、これ以上の実体はやはり書けないのです。

第二章

わたしの「ラッキー」

ラッキーはパパの忘れ形見

私の愛猫
ラッキーに支えられて
今のわたしがあります
愛する主人が亡くなったあと
わたしの言うことをすべて
理解してくれるラッキー
彼女は、ブルーの眼で
わたしにこたえてくれます

ラッキー、ラッキー

老人ホームから解放されて、

「ラッキー、ラッキー、ラッキーに会える」

と口ずさみながら玄関のドアを開けました。

「あっ！」

ラッキーは怒っています。

わたしは六日もあえなくてあいたかったラッキーが、彼女もきっとそう思っていたに違いないラッキーが、ドアを開けた途端、抱きついてくるだろうと、何も疑わず期待していたのです。

わたしを出迎えてくれたラッキーは、仁王立ちになり、

「ギャオ、ギャオ」

怒りの声。わたしの股に噛みつき、離しません。ラッキーの涙が溢れているように、わたしには見えました。


六日間、朝、昼、夜と、ペットシッターに来てもらっていました。が、彼女はシッターになつくことなく、その六日間、何も飲まず、何も食べずにいたのです。

ラッキーは痩せていました。涙が光っています。

「ごめんね、ラッキー」

わたしは彼女を抱きしめ、わたしも泣いてしまいました。

「ごめんね、ごめんね・・・」

わたしは言い続けながら、涙が止まりませんでした。

あれから一年、ラッキーにはあの出来事が、わたしが六日間いなかったという出来事が、消え去ることができていないのです。


わたしが帰ったときに噛みつく、これはきっと、

〝ママ、淋しかったよ〟

と言ってくれているのでしょう。

一年経ってもラッキーのこころには、小さな頭の中に、その出来事が浮かんでいるのでしょう。

その姿を見るとわたしは、

「ごめんね、ラッキー、ごめんね」

と口ずさんでしまっています。わたしの頭の中にもあのとき

が、甦ってくるのです。そして、こう、付け加えるのです。

「ずっと一緒に生きていこうね。どこへ行くときも一緒だよ、
ね、ラッキー、死ぬときも一緒だよ」

って。

「約束だよ、ラッキー」

って。ブルーの瞳が光ります。わたしを信じてくれているのがわかります。

〝ママ、約束だよ〟

「もちろんよ、ラッキー」

言いながらわたしは、手に力を入れてラッキーをきつく抱きしめていました。そして、

〝もう老人ホームへは決して行かないよ〟

ラッキーの耳にささやくのです。

この子、この子

八十歳を超えたわたしは、階段を昇ることができません。一階から二階へ、二階から三階へ、我が家の階段にはリフトがつけられています。

まあ、ラッキーときたら、二段飛びでポンポンと、わたしの乗ったリフトを越えて三階に着いて、リフトの来るのを待つのです。

「ニャー」

〝ママ、遅いねえ〟

ブルーの瞳がわたしを待っています。

「はい、はいっ、着きましたよ。お待ちどうさま」


「ラッキーはおりこうさんね」

ヘルパーさんにほめられて、ラッキーよりわたしがうれしくなるのです。

毎日毎日、ラッキーの元気な顔を見て、

「わたしも生きていてよかった」

ラッキーとのスキンシップ。するとラッキー、〝ほっ〟とするのか、いつものベッドの定位置に座ります。

ラッキーは、我が家に来て二十三年。人間の歳に換算したら百三十歳くらいになるおばあちゃんなのです。

息子たちが家を出て行き、夫婦二人で苦しんでいたころのことでした。

「あなた、電話よ」

脩さん、あなたはなぜか、苦しんでいたことを忘れたかのように、受話器をとりあげると、うれしそうに、相手の話にうなづいていましたね。短い電話を終えるとあなたは、

「どなたからですか」

そう言ったわたしにも気づかないほど、玄関を飛んで出て行きましたね。そして走り出したのです。わたしは何事が起きた

のかもわからないまま、脩さんのあとをついて走りました。
二人で息もできないほどに走りました。
着いたところは、〝植田さんち〟。猫の子が生まれたので
す。
脩さんはいつの間に、植田さんと連絡を取りあっていたので
しょう。
お母さん猫は、アメリカンショートヘアー。
お母さんが破水をしたばかりの子猫、小さな小さな命。
「ミユ、ミユ、ミユ」
小さな声、目は見えていません。からだ中濡れています。お
母さん猫は、我が子を一生懸命に舐めています。子どもたち
は、お母さんのおっぱいを一所懸命にさがして、やっと見付け

ると、両手で押さえてゴクゴクとむさぼり飲んでいます。お腹いっぱいになると、眠る子、母親の背中に乗る子、それぞれ……。

脩さんとわたし、感動の思い。その母と子を見ていると涙が自然に湧いてくるのです。

そんな母子に……無情にも……若者の乗った一台の単車が突っ込んできたのです。

二匹の子どものうち、一匹が、今生まれたばかりの小さい命が、消えました。ああ……。

母親猫の声が響きます。

「ギャオー、ギャオー」

お母さん猫は、子猫を飲み込みました。

そして、お母さんも死にました。
脩さんは素早く、残った一匹を手のひらに抱き、
「この子、この子……」
そう言いながら、脩さんの涙が子猫の顔に落ちていきました。
こうして宮本家の一員になったラッキー。
わたしたち夫婦に、やすらぎを与えてくれる大切な娘になりました。

二十四時間が長い

部屋が七つもあるこの家に、二十四時間、ひとり。

朝、目覚めて二十四時間、誰とも話すこともなく、ひとり言が多くなりました。テレビを一日中、つけっぱなしで、ときにはテレビと喧嘩しています。

そう、四年前に亡くなった主人、脩さんに毎日話しかけています。

「どうして死んだの」

広すぎる家で二十四時間、日本語を忘れそう。

ベッドの上で、パソコンと遊びます。

二十四時間が、長い・・・・。

座って半畳、寝て一畳。わたしの空間はこれで充分。親子四人で暮らしていた家は、わたしには広過ぎ、寒々としています。

ときに自殺という言葉が浮かびます。馬鹿なわたしがそこにいます。

長野の善光寺さんに眠っている脩さん。あなたが愛したラッキーが、今、わたしの支えです。ラッキーとの会話でわたしは生かされています。

脩さん、ありがとう。

パパっ子だったラッキー
パパが亡くなり

パパの位牌の前で
淋しそうに座っているラッキー

「ラッキー」
〝ママ、なに？〟

わたし自身、かも

ラッキーが食べなくなりました。一番好きな鳥肉ですら、なにひとつ口にしません。

初めてのことです。どうしよう——。

わたしは、ラッキーを抱きしめて、タクシーに乗りました。

車椅子生活のわたしには、タクシーを頼るほかありません。

動物病院の先生は言います。

「腎臓が弱っています。まぁ、もうご老体ですからねぇ、仕方ないです。治りません」

だから、薬は必要ありません、が、

「とにかく毎日、点滴につれてきなさい」

確かに点滴で、その日一日は元気でいます。

タクシーでのラッキーの病院通いが、わたしの日課になりました。

ラッキーには健康保険もなく、病院代は高く、毎日はつらいなあ、そんなこともつい、考えてしまいました。ラッキーには、どんなことでもしてやりたい、そう、いつも思っているわたしなのに――。

でも、あの湖の深い清いヴルーの目で、わたしをじっと見つめるラッキー、ラッキーが側にいてくれるから毎日を生きられているわたしです。やっぱり、わたしにできることは惜しまずしてあげようー。

〝パパの愛したラッキー〟、ひとも動物も〝いのち〟の重みが同じなのですね。

ラッキーも老齢、これからも心を配って、共に生きたい、そう仏壇のパパに誓いました。

毎日の点滴のおかげで、ラッキーは元気になってきましたが、体重はまだ戻りません。気が弱くなったのか、ひとの膝に乗ることのなかったラッキーが、ゴロゴロと甘えてわたしの膝の上にやってきます。

点滴で、邪魔になるからと一部の毛をカミソリでそがれてしまったのですが、本人は、けっこう気にしているようです。

「ラッキー、ごめんね」

わたしはラッキーを抱きしめています。彼女はそれに応えて、ゆっくりと目を閉じると、安心したようにリラックスモードで、わたしの腕にもたれてくるのです。

わたしたち、なんだか、いい関係！

毎日タクシーで動物病院へ通うわたしたち……をみて、

「ネコごときで……」

などと言われます。

わたしは毎週、お医者さまに往診していただいていますが、動物病院のお医者さまは往診していただけないのです。それに、ラッキーは、もはやネコではなく、わたしの大切な家族、いえ、もしかして、わたし自身とさえ言えるかもしれません。

パパの愛したラッキー、パパを愛しているわたしですもの。

あなたもわたしも小さな粒子

――ちょっとひとやすみ

あなたもわたしも小さな粒子

なぜ　わたしたちは
苦しむのでしょうか
なぜ　野に咲く花のように
生きられないのでしょうか

もし　目も見えず
もし　耳も聞こえず
味わうこともできず
触覚もなかったら
どうなるのでしょうか

自分のわがままで
すべてを認めず
不幸のどん底にいる
本人は　不幸とは
感じていないのかもしれない
ただ　野に咲く花も
心ない人に折られたくないと
思っているからでしょうか

わたしたちは
広大な宇宙に存在している
この短い　ささやかな人生

どうして　啀《いが》みあうのでしょう

宇宙に存在するものすべて空
すべては　小さな小さな
粒子にすぎない
宇宙はひとつ
あなたも　あなたも
そして　わたしも
この宇宙の渦のなかで
小さな一生を終える
またたきする一瞬の
出来事

第三章

お世話になっています ヘルパーさん

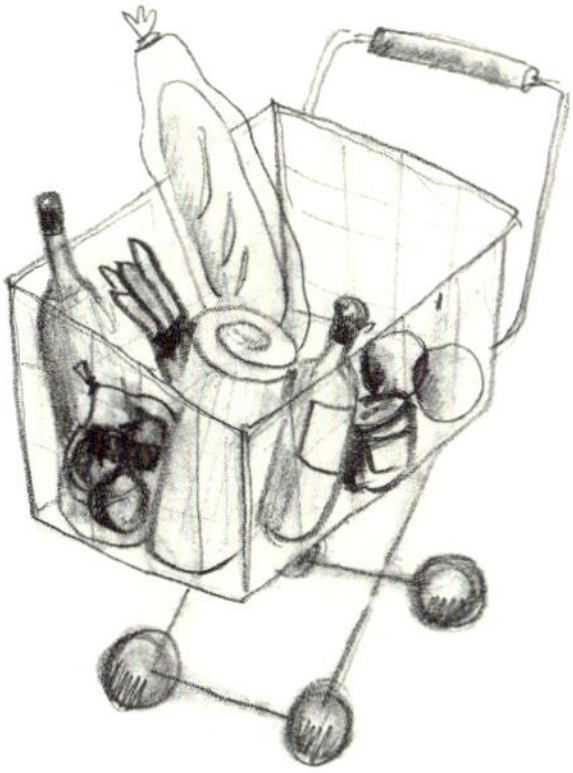

雨の日ばかりではない
雲の上には
青空がある

わぁ、こんなにある

わたしは、パーキンソン病です。外へ出かけるときは、車椅子に乗らなければなりません。

このあいだ、銀行のＡＴＭに行きました。もちろん一人ではなくヘルパーさんについていっていただかなければなりませ

ん。そのときヘルパーさんが、

「通帳をかして」

と言うのです。記帳するから、と言うのです。そして通帳を素早くATMで記帳すると、通帳をじっと見て（わたしには、そう見えたのです）、

「わぁ、こんなにある……」

と言うのです。

これ、個人情報……、わたし、八十代も半場、そりゃあ、老人です、だからって貯金通帳を、ケアマネさんやヘルパーさんにおまかせするなんて考えられません。まだ大丈夫。

でも日常的に、ヘルパーさんやケアマネさんにはお世話になっていますから、嫌とは言いにくいのです。

車椅子では、ＡＴＭの操作がとってもやりにくい、ときには手が届かなかったりしますので、ヘルパーさんにお任せするしかないのかもしれません。

でも、わたしの通帳を目の前でピラピラさせて…、わたしは素早く相手の手から通帳をもぎとっていました。残高を記帳してケアマネさんに報告されるのでしょうか。

こころあるヘルパーさんは、こんなとき、ＡＴＭを使いにくそうにわたしが操作していても、わたしが声をかけない限り、くるりと後をむいて見ないようにしてくれていました。

これって古い話なのでしょうか。

今どきのヘルパーさんは、じっと見ているよう仕付けられているのかもしれません。そして、それをケアマネさんに報告するのも、仕事のひとつなのでしょうか。

わたしの好きな日本は

お風呂の日は、月曜日と木曜日と決まっています。決まっているのですが、ヘルパーさんの手が不足しているということで、真夏の暑いときでも一週間に一回ということもよくあります。

汗で、自分で自分が臭く感じられ、たまらなくなってお願いするのです。

「代理の方にでも、入浴したいので介助していただけませんか」

と。

「ご老人が多くいらっしゃるので、今、人手が足りないんです」

と、いつも人材不足と言われます。そうかもしれませんね。これからの未来は、ますます高齢者が増え、若者が減っていくとか……。

この、わたしの好きな日本も、いったい、どうなっていくのでしょうか。

こころ動いて

身体中が痛くつらい。

ついヘルパーさんに、

「腰が痛くて」

とか、

「からだが痛くてつらいのよ」

とか言ってしまう。すると、

「老人ホームに入居したらどうですか」

と、言われるのです。

「嫌ですよ、老人ホームなんて」

とわたし。でもつい、体調がよくないなんて言ってしまっ

て、また、

「老人ホーム、ここがいいですよ」

なんて紹介されたり。老人ホームなんて絶対に行きたくない、と思っていたわたしですから、泣きごとを言わないようにしよう、がまん、がまんと、自分に言いきかせるのです。


老人ホーム。わたしには考えもしなかったこの言葉が、身近なものとしてささやかれるようになってきました。

わたしのこころは動きます。

ひょっとしたら、それはそれなりに、老人にとって楽園なのかもしれない、大勢の老人が入居しているではないか、と思いだしたのです。

入居した方たちは、帰ってこない。ご近所に方も、ご老人がいなくなられている。もしかすると、わたしのイメージとは異なり、いいところなのかもしれない……、などと、考えるようになりました。

でもわたしにはやはり、知識がありません。

「そうだ、体験入居をしてみよう！」

そう思い立ったのです。

家政婦は見た

看護師さん、ケアマネさん、わたしをお世話くださる方が、この家には何人もおいでいただいています。

不思議なことがあります。

そのお世話くださる方々が、なぜか、この家の中のことをよくご存知なのです。

「二階の棚の横にはね・・・・」

なにがあるのか、ちゃんと知ってらして他の方へ、まるで見てきたように話されるのです。どうしてご存知なのか。わたしは、二階の何もかもを捨てました。ベッドとテレビだけになり、すっきりとしました。

鍵もかけることにしました。

〝家政婦は見た〟というドラマがあったことを思い出しました。市原悦子さん、はまり役でしたね。

このドラマをわたしは、嫌な気分で見ていました。他人の家を覗くことが、おもしろいのだろうか、他人の家を覗くのは悪趣味だ、気持ちが悪い、そう思って見ていました。

いぢわるそうに笑う市原悦子……、はまり役だったけれど……。

他人の家の中を覗き見て、どんなメリットがありますか?覗いた本人が、なに気なくそのことをしゃべってしまうから、わかるのですが、その方の家庭がうまくいっていないのかな、なんてついわたしも気になってしまうのです。そして、貴重品やお金がなくなるのは、その所為《せい》なのかとまで思ってしまうのです。そんなとき、自分で自分がふっと嫌になってしまいます。

さわやかに、気持ちのいい日々でありたいのです。

道すがら

毎日、誰かの目が光っています。

わたし、好きで老人になったわけではありません。どなたでも通る道なのですから。

ケアマネさん、ヘルパーさんたちは、なぜか我が家の二階の様子、三階の部屋のことなど、よくご存知です。わたしは一階しか使用していないのですが。

二世帯で住めるようにと造った家ですから二階にもキッチンがあり、冷蔵庫もテレビも各階にある状態なのですが、もちろんベッドも、です。そんなこんなを、みなさん、よく知っておられるのです。

介護保険でお世話になるということは、この家の中の様子を、こんなにも知る必要のあることなのでしょうか。

でも……、お風呂をお世話くださる方は、毎週月曜日と木曜日の各一時間、お掃除してくださる方は、月、木、金曜日の各一時間、そしてお買い物に一緒に行っていただく方は、水曜日の三時間だけ来られます。ですから、我が家に長くおられる方はいらっしゃらないのですが、いろんなことをよく知っておられるのです。わたしが、いつもお金を入れている抽出しなども。

この家には、一人と一匹しか住んでいません。それで玄関はオートロックにしています。合鍵を作ることは出来ないので安心です。

主人が側に居てくれていたときは安心でした。今は、老婆一人とあって、甘く見られて、たくさん金銭の紛失がありました。

こんなこと、書きたくありません。だけど、わたしはますます老いて、ボケでくることでしょう。すると、わけのわからない、いろんなことが発生することでしょう。わたしの知らない間に。


近所の方がおっしゃったことがあります。

「ヘルパーさんを頼りにするようになると、仏様に供えたおだんごとかお金とかに気をつけなさい」

と。そして、

「お金ならまだいいけど、ダンナを取られるということも、アチコチで耳にするので、こっちも気をつけなさい」

との忠告です。

実は……、わたしの主人、脩さんは、息子の家出で精神を病み、病院へ入院したことがありました。

退院後も後遺症に悩まされていました。そのころです。

わたしは一階におりました。気づくとヘルパーさんがいないのです。なんだか嫌な予感がして、わたしは二階へ上がりました。ガラス越しに、ベッドで抱き合ってる二人の姿が……。ヘルパーさんは階段を駆け下りていきます。

主人は泣いています。

「ダンナさん、男じゃないね」

彼女が言ったそうです。精神科から退院したばかりの主人に。

脩さんは膝をかかえて泣いていました。

「パパは立派な男だよ、ふたりの子供に恵まれたんだもの」

しばらく脩さんは泣いていました。

情けなく、悲しい。

悲しいことが、たくさん、ありました。


ひとりになってから、集金に来られた男性から、

「奥さんとこの養子になりたい」

と言われたことがあります。バカにされたのです。

人生長い道のり、道すがら、いろいろなことが起きるものですね。そしていろんな人たちがおられるのですね。だからこそ、人生はおもしろい、と開き直ることにしました。

ひとりで苦笑しています。

すると、人生も捨てたものではない、様々な人との交流があるからおもしろいのだと、思えるようになりました。

「ときには開き直り、自分を見直すことは大切なんだ」

そんなことを脩さんに話しかけているわたしを、愛しく思うこのごろです。

わたしの常識はもう

なんでもかんでも洗濯したらよい、とか、なんでもかんでものりづけしたらよい、とかいうものではなく、木綿、敷布の類、絹、着物の類、洗濯機で洗うもの、クリーニング屋さんに出すものと、区別しなければなりません。綿でも下着の類はのりづけ不要。一度、ショーツにのりづけされて困ったことがありました。

ゴシゴシこすってのりをとりながら、ひとり苦笑してしまいました。

ヘルパーさんの資格は、いったいどこにあるのでしょう。わたしの常識はもう、最近は通用しなくなっているのでしょうか。

このごろは洗濯方法の区分けも含めて洗濯は自分でするようにしています。ただ、わたしの身体、思うように動けなく、加えて、身体中が痛くなり、痛み止めを飲みながらなんですが。

感謝しなければ

主人が亡くなっても、主人の働きでゆとりのある年金生活をさせていただいています。主人への感謝の思いいっぱいで、毎日を過ごしています。

贅沢はできなくても、好きなところへ行き、好きなことをして、お金には困っていません。主人が残してくれていますから。ほんとに、ありがたい思いです。

そんな主人の年金のおかげで、ひとり淋しいわたしは、夕刻七時から二時間、話相手にヘルパーさんに来ていただいています。

来てくださる人の中には、スマホばかりいじっていてなにも

しない人がいます。ときには、そこここにある箱を開けて、

「こんな高いもの食べてるの？」

などど、いろんなことを言われます。贅沢をしている、と。

わたしはパーキンソン病の病いで、歩くことができず、どこへ行くにもタクシー、そしてヘルパーさんと一緒です。

こんなに不自由な身体のわたし、なのに、なぜ、こんなわたしを羨ましがって見てくださるの。みなさんはお元気なのにどうして。

一〇〇パーセント、お金がととのってる人なんていないでしょ。どうして他人《ひと》の生活を覗き見たり、羨んだりするのでしょう。

そりゃあ中には、ご夫婦うまくいってないという方もおられ

るでしょう。わたしは、主人に愛されて、亡くなるまで一心同体、いえ、今だってそうなんです、毎日主人と話しています。

「パパ、今日は、とっても気のつくヘルパーさんが来てくださったのよ」

なんて。

嫌味を、思わぬ人からも言われます。わたしは、それらを聞き流すよう努力します。この時代、ヘルパーさんも人材不足と言われるなか、わたしの我がままにおつきあいくださるんですもの、感謝しなければ……。

一か月のお支払い九万円はつらいけど、一日中話し相手のいない老婆にとって、二時間のお話相手をしてくださるのは、とてもありがたいことです。

お正月、ヘルパーさんもお休み。誰もいない広すぎる家の中でひとり、伊勢エビを金沢の近江市場から取り寄せ、料理して三段重に。

たったひとりのお正月。

こんなとき、ヘルパーさん、どんなお正月を迎えたのだろう、なんて、なんだか思いを巡らせてしまうのです。

慣れと淋しさと

二時間で三千円。わたしのお話し相手として、やはり何人かの方が来てくださっています。老人のひとり暮らしには、外の新しい風を持ち込んでくださり、その二時間は淋しさも忘れ、たのしい時を過ごさせていただけるのです。はずなのですが、慣れが出てきたのでしょうか。

Mさんは、その二時間、スマホに熱中、わたしが話しかけても返事が返ってきません。そんなときわたしは、Mさんに来ていただくことで、余計に淋しくなってしまうのです。

Tちゃんは、働きながらでもお話のできるひとで、遠くから我が家まで単車で来てくださいます。単車ですから冬はとってても寒いときもきましたから、わたしは、裏起毛の厚手のパンツを買って差し上げました。

よろこんでくださったとは思うのですが、なぜか翌日からTちゃんは来なくなったのです。なぜだかはわかりません。遊びに家に来てもらっているのではないのになぁ、と少し悲しくなりました。

黙っていましょ

介護施設を利用すると、いろんなことで安価になって大変助かるのですが、それなりのリスクもありますね。

〝安かろう、良かろう〟はありませんよね。

何をするにもケアマネさんの許可が要ります。ドクターもケアマネさんの許可をいただくと往診してくださる、でも苦情は言えないんですね。

逆らったりすると、ケアマネさんからお小言をいただくことになる、だから利用者は、おとなしく黙っているのがいい、なんて。

〝言っても無駄〟なことが多いのですね。

第四章

わたしの宝物　満友

満友

先日、満洲時代の友人と同窓会（？）をしました。わたしの満友たちです。

横浜に集まったのは、十二人。

当時は二クラスで約六十人でした。もう、みんな八十を越えたお婆さんばかり。亡くなられた方も多く、

〝わたしも参加したいのですが、寝たきりなので、残念、残念〟とメッセージをくださった方、老化で動きにくくなられた方も多いのです。

「みんなにあいたかったたねぇ」

「うん、あいたい」

参加している方も、孫や曾孫に付き添われ、なんて方もいらして、おたがい、女学校時代の面影もなく……。

でも、話しだすともう、十二、三歳の少女！　女学校に通学していたころの、あの初々しい、若さいっぱいの少女に戻るのです。

ほんとに楽しくておかしいんです。この満友は不思議な友です。顔は、みんなして皺、シワ、皺、それなのに話しだすと、だんだんと、十代に戻っていくのですから。

大きな口をあけて大笑い。

終戦間際に、恩師岩佐先生が戦地に赴かれるというので、わたしたちは街角に立ち、

「千人針をおねがいします」

と、道ゆく人に声を掛けたものです。

戦地からのニュースは、わたしたちには正しく知らされていませんでしたから、

〝日本は勝っている〟

そう信じていたのです。

本部からの無線では、

〝白旗を上げるか、もう少し頑張れるか〟

との遣りとりだったとか。

戦地に行かれた先生の消息は、わたしたち誰もが知らないままに、令和元年になってしまいました。

十二歳の体験

満洲での、小学校六年生、十二歳のわたしたちは、一クラスで一人ぐらいしか女学校に入れませんでした。

他の学校からも一人、と、合格するのはなかなか厳しかったものです。その中での友、満友は、今だにおたがいに大切な友として、おたがいの心の中に少女のまま息づいているのです。

満友のひとり、のりちゃんの話しです。

「負け戦争《いくさ》と知らず戦地へむかったわたしの兄は、その犠牲になりました」

お兄さんを失ったのりちゃんの、涙ながらの話です。お兄さんは、十八歳でした。十八歳・・・・。

戦死の通知があり、焼焦げた遺品が届けられたそうですが、兄のものかどうかはわからないということです。

「十八歳の子どもまで」

と、ご両親は毎日泣き続け、身体を壊されてしまったそうです。みんなほんの少し、静かになった瞬間でした。


わたしの体験話しです。

「女学校入学仕立てのわたしには、鞍山は大きな都市でしたが、女学校はひとつしかありませんでしたから、とっても遠かったのです。大層な道程《みちのり》を集団登校するのです」

みんな、そうそう、という思いで聞いています。

「日本は勝っていたとはいえ、満人の国を日本が占領して、日本人の天下になっていたんですよね。

満洲にはタクシーがないので、日本の有閑マダムたちは、ヤンチョ（人力車）やマーチョ（馬車）に乗っていました。

馬のお尻をムチでピン、ピンと叩く。

馬は、うんちやおしっこをするので、地面では冬の間は凍っているけれど、あったかくなってくると、溶けてくるので、冬の間にスコップで取り除く。これは繰り返して行われているんです」

なつかしいやら、おかしいやら、笑い声の絶えないわたしたち。

満友の話しは尽きることがありません。

「満人の作る〝チェンピン〟とてもおいしかったね」

チェンピンとは、粟とコウリャンで作ったもので、コウリャンは、〝高粱（こうりょう）〟。南満洲・華北での背の高いもろこしで、茎や葉はとうもろこしに似ていて、実を食用にしています。

日本に帰ってきた引揚者で、チェンピンを再現するグループがあります。しかしやはり、満人の作るチェンピンには勝てないらしいですね。わたしたちには気づかない、なにかコツがあるにちがいありません。

満友　明と暗

わたしは女学生なので、従軍看護婦としてハルピンにいきました。

でも、同級生の男子中学生は、戦艦大和に乗りました。この満友のお母様は、

「自分の身を切られるよりつらかった」

と涙ながらに話しておられました。

和歌山の串本から来ていたミゾロ、〝ミゾロ〟は、みづぐちひろ子さんの仇名です。ミゾロはわたしと同級生です。そしてミゾロのお姉さんは満洲でのわたしの父の教え子でした。

一年に一回は、ミゾロとあっています。彼女から電話がかかり、わたしたちのデートスポット、大阪の歌舞伎座前であうのです。

ミゾロは、串本の先の大島から来てくれます。〝ここは串本、向かいは大島、中をとりもつ巡航船〟と歌がありますが、人口はなんと、三十六人なのだそうです。ほとんどの方が、大阪に住んでいらっしゃるそうです。

そのミゾロも今は、体を壊しているとか……。

ミゾロにあいたい……。

終戦直後の満洲。

終戦になったことを、なにも知らされていなかった満洲での日本人は、勝つことが当たり前、日本は強いんだ、と、日の丸をかざしていました。街角に立ち、戦地に赴く人たちへの千人針のお願いの声も聞こえていました。

軍部の上層部では、どうなっていたのでしょうか。

まだまだ親を頼りの小学校を卒業したばかりの十二、三歳の男の子まで駆り出され、ハルピンへと出兵します。

もう少し早く白旗を挙げてくれていたら……、あるいは〝終戦〟の知らせが、日本人に届いていたら……、と、満洲時代を思い出すたびに悔やまれ、情けない気持ちになるのです。

当時の子どもたちの親御さんの思いはいかばかりだったでしょう。遊びたい盛りの子どもたち、鉄砲の担ぎ方も知らず、戦うとは何たるかもわからず…。どんなに心細かったことか、どんなに惨いことか・・・。
満友は、わたしを少女にかえし、おたがいの話は尽きること
なく楽しさを与えてくれます。
そしてまた、尽きることもなく、いたたまれない世界に引き
戻されもするのです。

従軍看護少女

わたしたちは、従軍看護婦としてハルピンへ。やはり

十二、三歳、まだまだ子ども。もちろん看護婦の資格などありません。
包帯の巻き方も知らないわたしたちは、南満から北満へ、女学校の制服のままの従軍です。

亡くなった兵隊さん、片足になった兵隊さん、血みどろの兵隊さんたちが、担ぎ込まれてきます。

血の臭い。

「痛い、イタイ」

「早くしろ」

なにをしてよいかも分からない、看護婦でもない少女たちは、泣きながらの右往左往。そしてただ呆然と立ちつくすのです。十二、三歳の若い兵が戦死で運ばれてきます。その死体が山のように・・・・。

満友の少女たちの、消すに消せない、悲しく辛い体験となったのです。

事実は否定できない

満友のマユミ、東京から電話が入ります。

話はほとんどあの頃、在満当時のお話し。

夜中の電話だったり、今日も一時間、電話を切ることなんて忘れ、隣にいるかのように女ふたりのおしゃべりは止まりません。

そしてわたしからも電話して、また同じようなことのおしゃべり。

「在満時代は辛かったね」

「ほら、あのときは肩を抱きあって、一緒に泣いたっけ」

「山ちゃんは〝おっぱい〟大きかったから、男に化けられなかった」

「そうそう、女の子はロシア人に襲われてはいけないって男装していたのよね」

「山ちゃん、それで女学校に通学停止をくらってしまって……」

「学校行きたくて、泣いていたね」

「そういえば、あの、かわいかったのり子さん、どうしているかしら」

「ん、ソ連の兵隊に、トラックに連れ込まれて……」


女であれば誰でもよかったのです。若くても老いていても、そんなことは関係なく、女でありさえすれば……。

犠牲になった日本の女性は、自殺した人も多かったのです。

野蛮人というけれど、〝戦争〟という化け物がつくった野蛮人です。

ソ連軍も中共軍も、そして日本軍も、同じです。

満洲での日本の軍人さんの中には、勝っているときは紳士、日本が負けた途端に野蛮人、そんな人を見て、女学生は日本軍人を軽蔑したこともあったと、満友と話しています。

戦争による悲劇は、わたしたち満友が生きている限り、折にふれて思い出さずにはおれないのです。

嫌です、が、事実を否定することもできないのです。

人生の一ページに花を

満友の話題は、あふれ出てくる泉のようです。

そして、十二歳からお婆ちゃんたちの話しへと広がっていきます。

「わたしね、オシメをしているのよ」

「あらーっ」

「わたしはね、入歯なのよ、イ・レ・バ」

「まあ、そうなの」

と、大笑いしているうちに、なんと総入れ歯が落ちて、またまた大笑い。

気取ることのいらない満友たち。

〝わたしの大切な宝物だわ〟

って、胸のなかに涙がこぼれたわたし、顔は大笑いしているのに……。

お酒をたくさん飲む人、歳とともに不眠に悩まされ、薬のお世話になっているという人。それぞれにそれぞれの楽しみ、悩み、想い出が心の中をあったかく満たしてくれたことでしょう。

満友との横浜でのひとときは、あらためてわたしに満洲時代、少女時代を振り返らせ、そして新しい想い出のページをいただき、残り少ない人生にきれいな花を添えていただきました。

第五章

今日このごろのわたし

わがままかしら

わたしの八十年の人生、いろんなことがありました。喜び、悲しみ、愛、憎しみ、出会い、別れ、そして生、死。

ほんの少し、わたしは疲れているかもしれない今日このごろです。

見ているわけでもなく、一日中、テレビはつけたまま、照明も、すべての部屋につけたまま、お昼だというのに、お天気のよい日だというのに。

夜になり、暗い部屋へ入るのが嫌なんです。

わたしには、そんな当たり前のことが、淋しいのです。老いてわがままになってしまったのでしょうか。

テレビも、ずっとつけているのは、声がする家にいたいから。家族の明るい声が聞こえる家‥‥なんてすばらしいことでしょう。

ひとり暮らしのご老人は、昨今、大勢おられるのに、みなさんもそうでしょうか。わたしのように、淋しい、淋しいと心の中でつぶやいておられるでしょうか。

おやすみなさい

ふふふ‥‥、二階のダブルベッド、パパと愛をはぐくんだベッドです。

そのベッド、今はなんとわたしの仕事場になっています。まず、ベッドの上には、ベッドより幅広い机、そして机の上には、右側にパソコン、なぜか真ん中にプリンター、そして左側にはコンパクトミシン。他に、原稿用紙、糸くず、紙くず……。ほんとにいっぱいに散らかっています。みなさんにはお見せできません。

このベッドで、明け方四時ごろまで、原稿執筆、ときには、思いついた衣装デザインをコンパクトミシンで具体化してみたり、また、編物だってサンプルが必要ですし……。

やること、やりたいことでいっぱいになるこの部屋。この時間が〝わたし〟になれる、大切な貴重なひとときなんです。

単車の音で、顔を上げるわたし。

「あっ、牛乳配達のお兄ちゃんだ」

カチン、カチンと、お兄ちゃんがたてる牛乳ビンの音でわたしは、午前四時すぎだなとわかります。そして、

「さぁ、そろそろ寝ましょ」

って、ラッキーに話しかけ、テレビの音はほんの少し小さくして、（テレビはつけっぱなしで）眠りにつくのです。

わたしの、一日の終わり。おやすみなさい。

茶飲み友だちでも

長生きするって面倒くさいものですね。

母は、一〇二歳まで生きたひとです。母の言葉どおり、母より三歳多く生きるとしたら、わたしはあと、二十数年を生きなければなりません。

今生まれた赤ちゃんが、成人するだけの時間があります。

わたしはきっと、もう一度、恋をすることでしょう。もちろんパパと——。（苦笑い）

でも、もう、おばあちゃん、あと二十数年もある、なんて思うと、あぁ、面倒くさいなぁ。

でもまだ、目も耳も元気。

「茶飲み友だちでもさがそうかしら?」

渚

二度と老人ホームへは入るものか、と心に決めて、毎日誰とも会話することもなく、二十四時間、テレビのつけっぱなし。

テレビと会話したり、怒ったり、笑ったり。

息子に電話をかけてみます。

「また見にいくよ」

嫌そうに言って電話を切る。

受話器を持ったまま、わたしは座り込む。ひとり、ぼんやりしていると、パパの声が聞こえてきます。

〝ママ、男の子二人で、将来、僕がいなくなったときには、ママの話相手になってくれるよ。ママの話相手は女の子の方がいいだろうけど……。女の子がほしいね。僕もかわいい女の子がほしいよ〟


あのとき、女の子が授かりました。

男ばかりの世界に、女の子が授かったのです。〝渚〟と名付けました。

脩さんとわたし、どんなに歓喜したことでしょう、どんなに……。

わたしは、おくるみや肌着を縫いました。ゆりかごも用意して。

パパは、うれしくてうれしくて、四国松山で渚のためにと、立派な家まで、建てました。

かわいがりようといったら、パパの方が大変なものでした。わたしにさえ、渚のお風呂は入れさせてくれなかったのですから。

そして、渚は、いなくなりました。

生後二年足らずで。

四国松山で——この世を去りました。

泣くよりほかに、どうしようもありませんでした。

「渚が成人していたら、僕が、死んでもママは心強かったろうね」

亡くなる前に、わたしの耳元でささやいたパパ。

子煩悩パパ、やさしかったパパ。三人の子どももみんな〝パパ立ち会い出産〟でした。

パパが去り、ふたりの子どももわたしの元を去り、わたしはひとりぼっち。

「パパ、助けて」

〝もちろんだよ、ママ。ひとりじゃないんだよ、僕はいつだっ

てママと一緒だろう、ほら、僕を見てごらん〃

「パパは善光寺さんで眠っている……」

〃ママ、僕はね、ママの前にいるよ、ほら、ここにいるよ〃

そんなパパの声が聞こえたとき、わたしは確かに、パパがわたしを抱いてくれている暖かさと、ほほえんでいる顔を感じていました。

「パパ……ありがと」

ありがとうございます

白内障の手術を受けました。

高槻病院に入院です。

「いかがですか」

樋口先生が病室を訪問してくださいました。思いもしない出来事です。

「宮本さんが眼科に入院されたと聞いたので、来てみました」

樋口先生はこの病院のドクターです。


主人が癌で東和会病院にお世話になっていたころのこと、担当医の女医さんから聞かされた言葉、

「ガン末期の患者など、当院では収容できません。老人ホームへ行ってください」

わたしは尋ねました。

「老人ホームには、ガン患者の専門医がいるのですか」

「そんなもの、おりません」

女医さんの冷たい言葉で後を押されて、長身のパパを抱きかかえて病院を出たのです。

言葉のショックでわたしはパニック状態です。

主人は一八二センチ、彼より四十センチ近く背の低いわたしが、主人をかかえるようにしてキリン堂の通りに出ました。

〝キーッ〟

「危ない！気をつけて！」

男性の声。主人をかかえながらわたしは、

「すみません」

やっと出た言葉。

そんな事件がきっかけでした。その車の主は、高槻病院のドクター。その後、深くかかわり、お世話になる先生との出会いをつくっていただいたドクターだったのです。

そのドクターにわたしは、そのときの辛い状況を、泣きながら訴えました。そのドクターこそ、樋口先生だったのです。


おかげさまで、樋口先生の恩師の宇高先生に、今のわたしはお世話になっています。

当時はわたしもパーキンソン病で、主人と二人で高槻病院に通いました。
十年間、宇高先生、そして樋口先生のおかげでがんばってこれました。
ありがとうございます。

あの一言に

三階に上がると、我が家の窓から〝東和会病院〟がそびえて見えます。
主人が亡くなり、四年が経ちました。わたし、今だにあの女医さんを恨んでいます。

そのころ主人は、食事も落ちて、点滴の毎日がつづいていました。大分痩せてきたころで、看護師さんも来てくださっていましたが、

「敬ちゃんでなくてはいやだ」

と言って、わたしがお風呂の世話をしなければぐずってしまうのです。食事をするのも、

「敬ちゃんでなくてはいやだ」

だんだん弱ってくる彼を見ながら、わたしひとりでがんばった気がします。

スープ一杯でも、少しでも体にプラスになるものをと心掛けました。栄養士の資格も取りました。末期癌との戦いです。

そんなあのころのことに思いを巡らすたびに、あの女医さんの一言がよみがえります。そして、

〝言葉には気をつけなければ〟

と自分にも言い聞かせるのです。

ほんとは、パパは

パパは――
パパは自殺でした。

それは、すでに、何年も前のことで、わたしは、忘れようと努めてきたことです。

なのにまた今日、なぜか朝から頭に浮かんできたのです。あの苦しい日々が……。いつまでも、きっとわたしが灰になるまで忘れることはできないのでしょう。

それは、次男が部落といわれる家庭の女の子を好きになったことから始まりました。

当然わたしたち夫婦は、〝部落〟ということすら気にならず、息子の思いを喜んでいたのです。

しかし、NTTに勤務していた兄の長男にその部落の人たちが狙いをつけ、重要なポストについている長男の上司をたづねたのです。

いかにも長男が部落の人間であるかのように、怒鳴《どな》り込んでいったのです。それがきっかけとなり、長男の人生は狂ってしまいました。

「そんなことで首にする会社はやめろ」

とパパ。

「この家にいたら、また嫌がらせがあるかもしれないから」

と長男は、

「パパ、ママにもつらい思いをさせては」

と京都の友人のところへ行きました。

その後の長男の行方はわからずじまい。

ある日、ガレージにあるガス線に、新聞をまるめて火をつけ置こうとした男がいました。

パパが見つけ、裸足で飛び出していき、男を掴え、爆発一歩手前で食い止めることができました。

「こんなこと、誰に頼まれたんだ」

「部落の親父に火をつけてこいと千円で頼まれた」

若い、十八、九の男性でした。


あるときは、ぱちんこで大きな石が、我が家の窓に向けて打たれました。また別の男です。やはり千円で頼まれたということです。

こんなことが続き、わたしたち夫婦は恐怖でいっぱいになったのです。

いろんなことがパパの肩に伸掛《のしか》かり、彼にはどうすることもできなくなったその日、三階の柱に頭を打ちつけて、頭が割れる事態となってしまいました。

「パパ、やめて！」

しがみついたわたしは、大量でどろどろの血にまみれました。

「パパ、あきらめて、次男は部落の子になってしまったの」

わたしは力いっぱいパパを止めるのですが、大きなパパを小さなわたしの力ではなんともできず、ただ、血まみれのパパにすがって泣くだけのわたしです。

これが原因となり、パパは命を落としました。——パパは、自殺したのです。

次男だけでなく、兄にも部落の手が伸び、四人家族は、貧しくても明るく仲のよい四人家族は、離ればなれになっていきました。

「ラッキー！」

ラッキーが飛んできます。

「パパのラッキー、ママのラッキーね」

わたしは、ギュッと抱きしめて、ラッキーの中に顔をうずめるのです。

二十代のわたしが

パパとおしゃべりする時間は、わたしの日々の中での最高のとき。

十二畳の部屋、パパの写真がわたしをみています。

〝もっと規則正しい生活をしろよ〟

パパの声が部屋中に響くようです。わたしは小さく、

「はい」

と答えます。

〝ママ、風邪をひくから、蒲団はちゃんと掛けなさい〟

常に言われていた言葉です。わたしは小さく、

「はい」

と答えます。そして、パパに話しかけます。

「ねえ。パパ、山登りもしたね。一緒に八甲田山や富士山のご来光を拝んだね」

〝そうだった、たのしかったなぁ〟

とパパ。

パパは七十九歳で亡くなりました。

「ひとりでラクしてないで、はやくママを呼んでね」

〝ママは、もっとゆっくり、いっぱいたのしんでから来なさい〟

「ねぇパパ、ほら、わたしたちのソシアルダンス。東京の舞台、競技で一位になったわね。わたしたち、きれいだった」

写真をパパに見せて・・・、わたしも見て、なぜか涙が出てきます。

二十代のわたしが、そこにいました。

一〇五歳までナイショで

―おわりにかえて

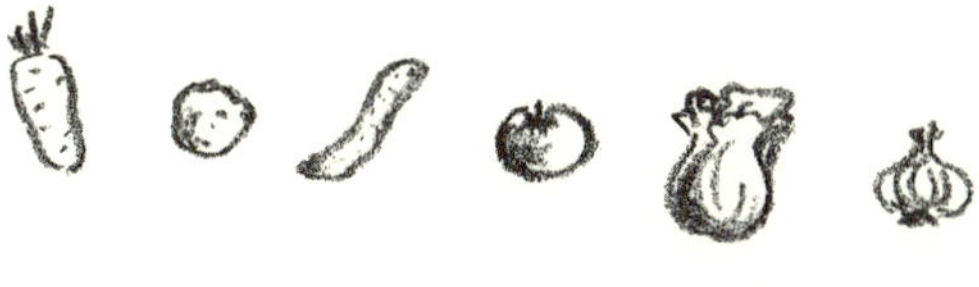

お正月が来るたびに、〝おめでとう〟っていうのは、少しおかしくありませんか？

八十歳を越してから、そんなことを思うようになりました。だって冥途の旅が一日、一日と迫って来ているのに……、おめでとう、ではないのです。わたしにとっては。

「冥途の旅の一里塚」

父は九十で亡くなりました。

妹とよく話します。

「せめてお父さんの歳まで生きようね」

と。だって、母の一〇二歳まで生きるのはちょっとキツイねって。でもその母はわたし

に、

「わたしより三つ多く生きなさい」

そう遺言したのですから、うーんとキツイなぁ……。

でも妹にはナイショで、一〇五歳までたのしんじゃおう、なんて、思ったりもしているこのごろです。

令和 初夏に

ともみ

小池ともみ
2015年　実話を元にしたエッセイ風ドラマで文壇デビュー
著書「瞳のきれいな裕」
　　「明日泣きなさい」
　　「三つ多く生きなさい」
　　「伊予絣の匂」（JDC刊）

長生きするってめんどくさい

発行日
初　版　2019年8月25日

著　者
小池 ともみ

発行者
久保岡宣子

発行所
JDC出版
〒552-0001　大阪市港区波除6-5-18
TEL.06-6581-2811(代)　FAX.06-6581-2670
E-mail：book@sekitansouko.com
郵便振替　00940-8-28280

印刷製本
前田印刷（株）